Papel certificado por el Forest Stewardship Council®

Primera edición: junio de 2018

© 2018, Begoña Oro, por el texto
© 2018, Marisa Morea, por las ilustraciones
© 2018, Penguin Random House Grupo Editorial, S.A.U.
Travessera de Gràcia, 47-49. 08021 Barcelona
Diseño y maquetación: Magela Ronda

Printed in Spain — Impreso en España

ISBN: 978-84-488-5105-7
Depósito legal: B-6.604-2018

Impreso en Soler

BE 51057

Penguin
Random House
Grupo Editorial

CUENTOS CON AMOR para un mundo mejor

Begoña Oro

Marisa Morea

Beascoa

Para Irene, que llenó de amor estos cuentos,
para que se los cuente, con amor, claro, a Sira y a Lola.
B.O.

A los papás y mamás que desean un mundo mejor
para sus hijos. A mis padres.
M.M.

Índice

Tralarí y Tralará comen pan
(Un cuento con mucha miga)

Tralarí y Tralará nacieron a la vez. Eran mellizos.

Nada más nacer, sus padres descubrieron que, además de mellizos, eran músicos.

Cuando Tralarí lloraba en mi, Tralará lloraba en sol.

Cuando Tralarí lloraba en fa, Tralará lloraba en la.

Hacían unos coros perfectos.

—No tenemos mellizos —decían sus padres orgullosos—. ¡Tenemos un dúo!
Cuando lloraban por la calle, la gente se paraba a escucharlos y, al final,
aplaudían emocionados. Eran unos grandes músicos Tralarí y Tralará.
Aprendieron a cantar antes que a hablar.
Todo lo decían cantando. Su canción favorita era *Tengo hambre*, pues además de grandes
músicos eran grandes tragaldabas. La cantaban a dos voces, con la música de *Frère Jacques*,
una famosa canción de cuna. Empezaba primero
Tralarí y luego seguía Tralará:

Tengo hambre, tengo hambre,
dame pan, dame pan.
Me muero de hambre, me muero de hambre.
Dame ya, dame ya.

Y todo sonaba armónico y melodioso.
Hasta que llegaba el momento de comprar el pan.
Su padre compraba una barra y se la daba a
Tralarí para que la sujetara. Entonces Tralarí
cantaba feliz, a ritmo de pandereta (y a menudo
con la boca llena):

«Pan para mí,
pan para mí,
¡pan para para MÍÍÍÍ!».

Su voz sonaba en verdad afinada y melodiosa. El problema era el acompañamiento.

Tralará no acompañaba con armónicos gorgoritos, no.

Tralará acompañaba con...

unos **GRRRRRR**

espantosos y desacompasados rugidos de tripas.

Un día, el padre sugirió a Tralarí que le diera a su hermano el pan para ver si la cosa sonaba más musical. Tralarí dio el pan a Tralará mientras cantaba con voz afinada y melodiosa, aunque también algo rabiosa:

«Pan para ti,
pan para ti,
¡pan para para TIIII!».

Pero entonces fueron las tripas del propio Tralarí las que sonaron con rugidos espantosos y desacompasados. El único acompañamiento de Tralará fue un ÑAM ÑAM que sonó fuera de tiempo y desafinado.

Tampoco esta canción sonaba bien.

Daba igual que cogiera el pan Tralarí o que lo cogiera Tralará.

La canción siempre sonaba mal.

Y los rugidos de las tripas sonaban cada vez peor.

ÑAM ÑAM

GRRRR

—¡Ay! —se quejó su padre un día al comprar en la panadería—. Me temo que estos niños están perdiendo cualidades. Ya no suenan afinados.

Y le contó a la panadera lo que sucedía cada vez que salían de allí.

Cuando acabó de contarlo, las tripas de Tralará dieron un rugido horrísono.

La panadera se tapó los oídos asustada y dijo:

—Ya comprendo. —Y, después de pensar un rato, preguntó—: ¿Y...? ¿No han probado a compartir el pan?

—¿Compartir? ¿Qué es eso? —preguntó Tralarí.

—Compartir es cuando no te quedas con algo para ti solo. Si es algo que no se puede partir, como una pelota o un juguete, juegas con otra persona ¡y es más divertido! Si se puede partir, se parte y se reparte: tú te quedas un trozo y das el otro trozo. Hace muchos muuuchos años, cuando se compartía el pan, se decía «cumpanis», que quiere decir «con pan». Y de ahí viene la palabra «compañero».

—¿De verdad? —dijo el padre de Tralarí y Tralará.
—De verdad, de verdad de la buena —dijo la panadera.
Y dio el pan a Tralarí.
Tralarí partió el pan en dos, se quedó un trozo
y dio el otro a Tralará mientras cantaba:

«Pan para ti,
pan para mí,
¡pan para compartir!».

¡Y Tralará le acompañó haciendo unos coros absolutamente armónicos y melodiosos! Desde entonces, Tralarí y Tralará comparten el pan y han vuelto a ser un perfecto dúo musical. Incluso se han puesto nombre. ¿Cuál crees que es?

¿El dúo Compañeros?

Nada de eso.

¿El dúo Damepán?

No, no. Ni hablar.

Tralarí y Tralará forman ahora... ¡el dúo Boca Llena!

Cuando compartes el pan,
te haces con pan compañero,
y el bocata y la amistad
saben, ¡ñam!, mucho más buenos.

Comparte pan y mil libros,
como este ahora mismo,
y ahora ¡corre y da un beso
a quien te lee estos versos!

La libélula Lula busca a alguien a su altura

La libélula Lula se sabía preciosa.
—¡Qué guapa que soy!
¡Qué bella y qué hermosa!
Amigos no es que tuviera muchos.
Todos le parecían poca cosa.

Cuando la hormiga Tina quiso ser su amiga, Lula le dijo:
—¡No me pegas! Eres pequeña, negra y fea.
La hormiga Tina, dentro de su pequeño cuerpo negro,
tenía un hermoso corazón.
Pero la libélula Lula, eso que se perdió.

También la mariquita Rita quiso ser su amiga.
Pero Lula le dijo:
—¿Con esas pecas quieres ser mi amiga tú?
¡Quita, mariquita! ¡Me das repelús!
La mariquita Rita, además de unas bonitas pecas,
tenía mucha gracia.
Pero la libélula Lula, eso que se perdió.

Cuando se le acercó el moscardón, Lula no le dejó ni dar un zumbido.

—¡Puaj, qué peludo! ¡Qué pinta de bruto!

¡No aguanto a tu lado ni un solo minuto!

El moscardón, con su pinta de bruto, pintaba delicados cuadros con esfuerzo y dedicación.

Pero la libélula Lula, eso que se perdió.

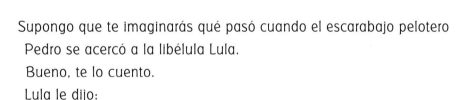

Supongo que te imaginarás qué pasó cuando el escarabajo pelotero Pedro se acercó a la libélula Lula.

Bueno, te lo cuento.

Lula le dijo:

—¡Aaaaaajj! ¡¿Cómo se te ocurre pensar que tú y yo podemos ser amigos?! ¡Yo soy bella, esbelta y ligera, y tú…, tú…, tú eres gordo, rechoncho y antenudo! ¿Y qué es eso que llevas entre las patas?

—Caca —respondió el escarabajo pelotero—. Está muy rica. ¿Quieres?

La libélula Lula ni le contestó. Salió volando arrugando la nariz.

El escarabajo Pedro se quedó redondeando su pelota de caca mientras cantaba una canción, pues, además de grandes antenas, tenía una bonita voz.

Pero la libélula Lula, eso que se perdió.

De pronto, la libélula Lula vio un resplandor a lo lejos.

—¡Oh!, ¿qué es eso que brilla?

Parece una alfombra de hilos de plata.
Ahí mi belleza quedará resaltada.
Lula se acercó a la alfombra de plata.
En el centro había una araña.
A Lula le impresionaron sus larguísimas patas.
—¡Oh, qué elegancia!
Esta sí me conviene como amiga.
Me pega y tiene pinta de ser divertida.
Y me juego mis alas de colores
a que tiene miles de seguidores.
Así que Lula le dijo:
—¿Quieres ser mi amiga?
La araña respondió:
—¡Oh, sí, sígueme! ¡Quiero ser más que eso!
¡Ven hasta aquí y te como a besos!

Lula avanzó hacia la araña y, cuando llegó
a su lado, descubrió que ¡la araña quería comérsela,
pero de verdad!
—¡No, no, no! ¡No me comas, mala araña!
¿Cómo vas a privar al mundo de la belleza de mis alas?
Y la araña respondió:
—¿Bellas tus alas? A mí me parecen una horterada.
—¿Hortera yo? —dijo Lula—. Pues anda que tú...
¡Menuda cintura!
—¿Qué le pasa a mi cintura? ¡Mira quién fue a hablar!
¡Flacucha, esmirriada! ¡No tienes de nada!
Y la araña y la libélula se quedaron discutiendo.

Discutieron todo el día, toda la tarde, la noche y la madrugada.

Discutieron un día y otro de la semana.

Aún siguen discutiendo.

Mientras, la hormiga, la mariquita, el moscardón y el escarabajo cultivaron la amistad.

Y les creció bien fuerte y bonita. Vaya, que se hicieron amigos.

Pero eso —la bondad de la hormiga, la gracia de la mariquita, la dedicación del moscardón, la bella voz del escarabajo, la vida, el amor—, todo eso, ellas se lo pierden.

El brillo de la bondad
no se extingue en la vida,
no es como el brillo del pelo,
que se apaga enseguida.

No te dejes deslumbrar
ante un primer encuentro
porque el que es guapo por fuera
no siempre es guapo por dentro.

Gritoncete

Gritoncete todo lo decía a gritos.

—¡HOLA!

—¡ESE SEÑOR NO TIENE PELO!

—¡VOY AL BAÑO!

—¡MI MONEDA DE LA SUERTE ESTÁ ESCONDIDA EN EL TERCER CAJÓN!

Sus padres estaban desesperados. No sabían qué hacer para que Gritoncete dejara de gritar.

Probaron a darle miel, para ver si hablaba de forma más dulce.

Pero lo único que consiguieron fue que se pringara la nariz

y una mosca se le posara en la mismísima punta.

—¡¡¡TENGO UNA MOSCA EN LA NARIZ!!! —gritó entonces Gritoncete.

Los padres de Gritoncete probaron también a gritar más fuerte que él.

—¡MAMÁ!

—¿QUÉ, GRITONCETE?

Entonces Gritoncete gritaba todavía más fuerte.

—¡¡MIRA CÓMO SALTO!!

—¡¡¡HABLA MÁS BAJO, GRITONCETE!!!

—¿¿¿¿POR QUÉ????

Un día, un músico les contó que, cuando le ponía una pinza a su violín, este sonaba más flojo. Así, los padres de Gritoncete probaron a ponerle una pinza en la lengua, aunque solo lograron que Gritoncete diera un grito morrocotudo.

—¡¡¡¡AUUUUU!!!!

Otro día, los padres de Gritoncete le llevaron a la biblioteca y le advirtieron:

—Gritoncete, en la biblioteca no se puede gritar. Hay que hablar bajito, ¿entendido?

Pero nada más llegar a la biblioteca, Gritoncete gritó:

—¡¡HALA, CUÁNTOS LIBROS!!

La bibliotecaria se acercó a Gritoncete y le dijo en voz baja:

—Sí, hay un montón de libros. Y puedes mirar el que quieras. Pero tendrás que hablar bajito.

—¡Ay, lo siento! —dijo el padre de Gritoncete—. Ya le hemos advertido. Es que Gritoncete siempre grita...

La bibliotecaria observó a Gritoncete.

—Ajá —dijo—. Así que su hijo siempre grita. Y se llama Gritoncete.

—Eso es —confirmó la madre.

—¡SÍÍÍ! —gritó Gritoncete.

—Ajá —repitió la bibliotecaria.

—Lo hemos intentado todo, pero no hay manera —dijo el padre—. Usted, que es una experta en silencios y que ha leído tantos libros, ¿no sabrá qué podemos hacer?

La bibliotecaria recorrió los estantes de libros con la mirada. Estaban ordenados. Cada uno con su etiqueta. Y tuvo una idea:

Silencio

—¿Han probado a cambiarle de nombre?

—¿A quién? ¿A Gritoncete?

—¿¡A MÍ!? —gritó Gritoncete.

—Sí. No sé —dijo la bibliotecaria bajando la voz—. ¿Han probado a llamarlo…, por ejemplo…, Susurrino?

—Susurrino —susurró la madre de Gritoncete.

—Susurrino —susurró el padre de Gritoncete.

Y entonces, en voz muy baja, Gritoncete, perdón, Susurrino dijo:

—¿Qué?

Los padres se miraron admirados. ¡Su hijo no había gritado! ¡Ya no era Gritoncete!

Entonces le dijeron:

—A partir de hoy, te llamaremos Susurrino.

Y desde ese momento Gritoncete, perdón, Susurrino habla bajo.

A veces habla tan bajo que sus padres tienen que decirle:

—¿Qué has dicho, Susurrino?

—Tengo pis.

—¿Cómo?

—Que tengo pis.

—¿Que qué?

Habla tan bajo tan bajo tan bajo que no tienen
más remedio que volver a llamarlo por su antiguo nombre,
aunque no siempre es buena idea.

—¿Pero qué dices, Gritoncete?

—¡¡¡QUE TENGO PIS!!!

La voz es un instrumento
que dispone de volumen.
Si lo bajas, suena bien.
No tan bien cuando lo subes.

Si hablas bien y no a gritos,
sonarás tú más bonito.
Y te lo agradecerán
padres, profes y chiquitos.

¿De qué color son los ojos del príncipe?

El rey tenía los ojos azules. La reina tenía los ojos verdes.
¿De qué color tenía los ojos su hijo, el príncipe?
Ah, eso nadie lo sabía.

Porque el príncipe nunca se había atrevido a mirar a nadie a la cara.
Siempre, desde niño, miraba al suelo. Por eso, porque miraba mucho al suelo,
era campeón de encontrar cosas.
Encontraba monedas, horquillas, botones, hormigas…
Una vez, cerca del río, encontró a una amiga.

Primero vio sus pies. Eran unos pies de niña, ni grandes ni pequeños, con unos zapatos rojos.

Los pies de la niña se movían nerviosos, como los del príncipe.

La niña al principio no habló. El príncipe tampoco.

A los dos les gustó eso: no tener que hablar.

El príncipe le enseñó a la niña una hoja que había encontrado. Era una hoja muy especial.

La niña le enseñó al príncipe una piedra que había encontrado. Era una piedra muy especial.

Pronto descubrieron que ellos dos también eran especiales.

Y cuando por fin, después de varios días, se hablaron, supieron sus nombres.

El príncipe se llamaba Pío, y la niña, Nona.

Pío y Nona crecieron sin llegar a mirarse a los ojos.

Y por más que los reyes lo intentaron, tampoco ellos lograron averiguar de qué color era su mirada.

—Esto no puede ser —dijo un día la reina desesperada—. Mírame, querido hijo, a la cara.

Pero el príncipe Pío no podía.

—¡Si ni siquiera sabemos de qué color tienes los ojos! Daría mi reino por saberlo. ¡Mi reino por saber de qué color son los ojos del príncipe! —gritó el rey.

¡El rey estaba dispuesto a dar su reino a quien le dijera de qué color tenía los ojos el príncipe!

La noticia corrió como la pólvora y todos los habitantes del reino intentaron averiguar el color de ojos del príncipe.

A una mujer se le ocurrió preguntar a las hormigas. «El príncipe Pío siempre va mirando al suelo. ¡Las hormigas sabrán de qué color tiene los ojos!», pensó.

Pero las hormigas solo hablan en algunos cuentos. Y en este no.

Mucha gente le preguntó a Nona:

—Oye, Nona, tú que eres amiga del príncipe Pío, seguro que sabes de qué color tiene los ojos. ¿De qué color son?

Nona no lo sabía.

Algunos hicieron volar pájaros fabulosos, globos de colores..., todo para que el príncipe levantara la cabeza.

El príncipe Pío estaba cansado de que le persiguieran y se retiró cerca del río.

Allí se encontró a Nona.

—Hola —dijo mirándole los pies.

—Hola —respondió Nona—. Mira esta piedra. Es perfecta para tirarla al río.

Nona y Pío dieron tres pasos hacia el río.

Las aguas estaban mansas y claras.

En sus aguas transparentes se reflejaban como en un espejo sus caras...,

con su barbilla, su boca, su nariz...

¡Y sus ojos!

Nona exclamó:

—¡Tienes los ojos color avellana!

(Decir «color avellana» es como decir «marrón», pero en bonito).

Y Pío exclamó:

—¡Y tú también!

Y entonces, al mirarse a los ojos por primera vez, los dos sonrieron.

Y sus sonrisas también se reflejaron en el espejo del agua.

Porque los ojos son una puerta mágica, un conducto secreto que llega hasta el corazón. Y cuando uno llega al corazón de otro, dan ganas de sonreír. ¡Y a veces hasta de reír! Y Pío y Nona acababan de descubrirlo.

[Ya verás. Compruébalo. Mira fijamente a los ojos de quien te está leyendo este cuento (si lo lees tú, mírate a los ojos en un espejo) ¡y a ver qué pasa!].

Ah, ¿que quieres saber si Nona desveló de qué color eran los ojos del príncipe y se quedó con el reino? Pues la verdad es que Nona no se lo contó a nadie. Le pareció que gobernar un reino entero era mucho lío y que le apetecía más dedicarse a inventar cosas.

Además, de vuelta del río, después de aquel mágico descubrimiento, el propio príncipe Pío pensó que podía intentar, poco a poco, mirar a la gente a la cara. Así que recorrió a toda prisa los últimos metros camino a palacio, buscó a sus padres y...
por primera vez los miró a los ojos.
En ese momento, la reina dijo:

—¡Hijo mío, tienes los ojos igual que tu abuelo Felipe!

Y todos,
el rey,
la reina,
el príncipe
y hasta el retrato que colgaba del perro Manolo, todos, sonrieron.

Porque los ojos son una puerta mágica,
un conducto secreto que llega hasta el corazón.

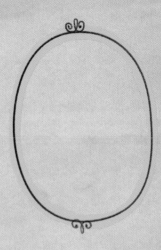

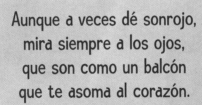

Aunque a veces dé sonrojo,
mira siempre a los ojos,
que son como un balcón
que te asoma al corazón.

Verás así lo que siente
la persona que está enfrente.
Quedarán las cosas claras
si os miráis a la cara.

INVITACIÓN AL SUEÑO

Érase una vez un niño pequeño
al que nunca, jamás, le entraba el sueño.
Le entraba la risa y estaba feliz.
Le entraba el agua por la nariz.
Entraba en calor, le entraba pereza,
le entraban palabras en la cabeza.
Le entraba el hambre y comía galletas,
una tras otra. ¡Qué boca más llena!
Le entraba el miedo, se echaba a temblar,
y se le pasaba abrazado a mamá.
Ya ves, muchas cosas le entraban al niño,
pero lo que es sueño, nada, ni un poquito.
Estaba despierto, los ojos abiertos.
No se le pegaban ni con pegamento.
Parecía un búho. No pestañeaba.
—¿Te entra sueño ya? —le preguntaban.
El niño decía:
—No, para nada.
Le entraban, eso sí, ganas de fiesta.
Cantaba, bailaba... ¡Qué trapatiesta!

Desesperados sus padres estaban,
con miedo al momento de ir a la cama.
Hasta que una noche corriente y moliente
probaron a hacer algo muy diferente.
Ya que no lograban calmar a la fiera,
¡se unirían todos a la gran juerga!
Esa noche loca la madre le dijo:
—Las fiestas de uno no son fiestas, hijo.
Una fiesta se hace para celebrar
y la alegría, con más gente es más.
Si estás sonriendo y nadie te ve,
es como hablar con una pared.
La risa es algo que se contagia.
Tú ríes, yo río... ¡Parece magia!
Ya que estás de juerga, será aún mejor
hacer esta fiesta al por mayor.

Primero invitaron a los muñecos:
el oso, el conejo, el chino y el sueco.
Todos lo pasaban de maravilla.
Saltaban, gritaban, se daban vidilla.
Pero padres y muñecos aún eran pocos.
¿Y si ampliaban la fiesta a lo loco?
—¡Ya sé qué hacer para agrandar la fiesta!
¡Invitar a todo el que pase por la puerta!

Se asomaron y pasó un señor.
—¿Quiere ir de fiesta?
—Casi que no.
Estoy muy cansado. Mejor me voy.

Pasó una señora con pinta de buena.
—¿Entra en mi fiesta? Merece la pena.
La señora entró y se presentó:
—¡Oh!, muchas gracias por la invitación.
Me llamo Paz. ¿Me hacen un favor?
¿Pueden invitar también a mi marido?
Es majo, es bueno. Suele venir conmigo.
—Que entre, que entre —susurró el niño.
No supo por qué, ya no hablaba a gritos.

Ya no sentía ganas de bailar.
Él solo quería a Paz preguntar:
—Antes de que entre este buen hombre,
¿podría decirme cuál es su nombre?
—Sí, por supuesto. ¡Uy, es verdad!
Sueño se llama. ¡Mira! ¡Aquí está!
—Que entre Sueño —dijo el niño.
El sueño entró...

¡Sssh!
Y el niño se durmió...

Si compartes lo que sientes,
las penas y alegrías,
las risas se hacen grandes,
las penas se hacen chicas.

Y si haces una fiesta,
por compartir tu alegría,
luego vete a descansar.
¡Y otra fiesta, otro día!

31

Cómo ayudar a un oso polar
(y a todo el planeta)

Cuando Óscar, el oso polar, pisó por primera vez la arena, dijo:

—Uy, uy, uy.

Era una sensación completamente nueva.

El suelo era blandito, ¡y se dividía en millones de granitos!

¿Y qué era ese extraño picor? ¡Era calor!

Hasta entonces, las pezuñas de Óscar, el oso polar, solo habían pisado el frío y duro hielo.

Precisamente en una balsa de hielo había llegado desde el Polo Norte hasta la orilla de aquella playa.

—Vaya, vaya. Me he perdido. Y el hielo se me ha fundido.

El oso polar no podía volver.

¿Qué podía hacer?

Lo primero que hizo fue construir un castillo de arena.
Le quedó precioso,
el castillo al oso.

Lo segundo que hizo fue darse un chapuzón.
Nadó de espaldas, mostrando toda la panza.
(Es que el oso no sabía nadar a braza).

Lo tercero que hizo fue tumbarse en la arena.
Y entonces le entró la pena.
—Está muy bien esto de hacer castillos y darse un chapuzón,
aunque, como siga un poco más aquí, muero de calor.
¡Tengo que volver cuanto antes a mi casa!
¿Pero cómo? ¡Se me derritió la balsa!

Una gaviota, que lo oyó, le dijo al oso polar:

—Ay, pobre. Esto es por el calentamiento global.

—¿El calentamiento global? —preguntó Óscar, el oso polar.

La gaviota le explicó:

—Es como si la Tierra estuviera enferma. Parece que tiene fiebre. Se calienta. Y, con el calor, el hielo se derrite.

—¡Oh, no! Yo no puedo vivir sin hielo. ¿Y no hay forma de parar esto?

—Bueno, sí —dijo la gaviota—. Hay algunas cosas que están en nuestra mano para hacer que el planeta Tierra esté mucho más sano:

• En vez de tanto coche, es mejor ir en bici, en bus o andando.

• Hay que tirar la basura por separado: el plástico y el cartón van por otro lado. Y, en vez de tirar a tontas y a locas, buscar otro uso a las cosas. (A eso se le llama reciclar).

• Hay que apagar los aparatos que no estés utilizando.

• Y no hay que olvidar cerrar el grifo mientras te estés cepillando.

—¿Y tú? —preguntó el oso—. ¿Cómo sabes tanto?

—Porque leo de vez en cuando.

—Lo que no entiendo —dijo el oso— es: ¿qué tiene que ver todo eso de ir en bici, reciclar, apagar los aparatos y cerrar el grifo con que la Tierra se ponga buena?

—¡Ah!, te parecerá una locura, pero te prometo que todo eso ayuda a bajar la temperatura.

—Bueno, bueno, si tú lo dices... —dijo Óscar, el oso polar, a la gaviota—. Aunque ahora lo más urgente para mí es volver a casa. ¡Este calor me asa! ¡Ay! ¿Cómo puedo volver a mi hogar? ¡Necesito ya el frío polar!

—Lo tienes crudo. Pero, si quieres, te ayudo. Yo no puedo llevarte. Pesas mucho. Llamaré a mi amigo Pedro, el heladero, a ver si él te saca de este atolladero.

La gaviota llamó a su amigo heladero.

Helados y

—¡Pedrooooo!

Al momento, apareció por la playa un hombre en bicicleta. ¡En bici!

Delante de la bicicleta llevaba una nevera llena de polos.

—Pedro, mira, este que aquí ves es Óscar, el oso polar. Quiere volver a su casa. ¿Crees que le podrás ayudar?

—Me bastaría con un poco de hielo —dijo el oso polar—. Si pudiera subirme a un trozo de hielo, podría volver por donde he venido.

—¡Precisamente tengo la nevera llena de polos de hielo! —dijo Pedro, el heladero—. Si los unimos, podemos hacerte una balsa.

—¡Es perfecto! ¡Volveré al Polo en una balsa de polos!

La gaviota fue volando al puerto y pidió a unos pescadores un trozo de cuerda para unir los polos.

—Toma, coge esta red —dijo un pescador—. Estaba rota y la íbamos a tirar. ¡Es mucho mejor usarla para otra cosa!

La gaviota volvió a la playa. Llevaba en el pico la red rota.

Pedro la usó para unir los polos de fresa con los de limón y los de cola. Quedó una balsa multicolor. ¡Eso debía de ser reciclar!

—Uy, Pedro —dijo el oso—. Te he dejado la nevera haciendo eco. ¡Ya lo siento!
Está completamente vacía.

—No pasa nada —dijo Pedro, el heladero—. Eso sí. Ahora que ya no la uso,
voy a apagarla. Así no gastará energía.

Óscar, el oso polar, se quedó pensando:

este hombre ha venido en bici...,

ha reciclado un trozo de red...,

ahora apaga el aparato...

En ese momento, el heladero se acercó al oso para darle un abrazo de despedida.

Le olía el aliento a dentífrico con flúor activo para encías sensibles Max Polar White
Super Plus Nueva Fórmula.

—¡Apuesto a que cierras el grifo mientras te cepillas los dientes! —dijo el oso
al heladero, sin dejar de abrazarlo.

—Sí, todos los días. ¿Cómo lo sabes? ¿Acaso me espías?

Pero el oso no respondió.

Abrazado a Pedro, el oso vio que la gaviota le guiñaba un ojo.

—Te lo dije —le susurró la gaviota.

Luego Óscar, el oso polar, se montó en su balsa de polos y salió
de la playa rumbo al Polo Norte, donde llegó, sano y salvo y nada
hambriento, porque, por el camino, se comió un polo de fresón
y dos de limón.

Desde entonces, Óscar, el oso polar, va a todas
partes en bici, separa la basura y siempre
siempre siempre cierra el grifo mientras
se lava los dientes.

Si quieres que la Tierra no se ponga enferma,
tú puedes aportar tu granito de arena.
Mejor que ir en coche, usa tus dos piernas.
Y piénsalo dos veces cuando llenes la bañera.
Cierra bien el grifo mientras te cepillas
y apaga las luces que no necesitas.
Si además reciclas, harás muy feliz
a los osos polares, a la Tierra ¡y a ti!

39

El sueño de Bea

El sueño de Bea era ser astronauta,
surcar el espacio tocando la flauta.
Ya antes de nacer, aún dentro del huevo,
soñaba con ser música del universo.

Cuando lo contó en la guardavería
(que es donde se cuida a las aves de cría),
un mal aguilucho se rio de ella:
«¿Astronauta tú? Pero si ni vuelas.
No eres más que una vulgar avestruz.
Es cosa de risa. ¿¡Astronauta!? ¿¡Tú!?».
Bea se sintió un poco más pequeña.
Quizá aquella idea no era tan buena.
«¿Cómo vas a serlo?», insistía con guasa.

«Si no eres delgada ni estás en la NASA.
¿Y encima la flauta pretendes tocar?
No te sonaría ni por casualidad.
No existe instrumento que aguante tu pico».
Bea pensó triste: «Mi sueño, hecho añicos».

Pero pasó el tiempo y Bea estudió.
Inventó una flauta que tocaba en do.
No volaba –es cierto– con sus propias alas,
pero se hizo piloto de aviones de carga.
Sus habilidades la hicieron famosa:
«¡Esta avestruz es inventora!
Y piloto, música... ¡Qué bien toca!».
Al fin la fichó una Agencia Espacial
para un proyecto aeromusical.
Cuando la llamaron, Bea dijo: «¡Bah!
No me lo creo. No será verdad.
Fijo que esta llamada es una broma.
¿Cómo van a quererme? No valgo gran cosa».
«¿Cómo que no vales? ¿Quién te ha dicho eso?».
«Pues... Un aguilucho, hace mucho tiempo».
«Ese pájaro, miope debía de ser.
Mira que no ver que vales un valer...
Lo dicen todos los demás animales:
Bea, flautista, ¡tú sí que vales!».

Y así Bea acabó cumpliendo su sueño,
tocando la flauta por el universo.
Y en uno de sus viajes, cerca de su pueblo,
vio un día a aquel pájaro de mal agüero.
Aquel aguilucho había crecido
pero allí seguía, en el mismo nido.
¡Y llevaba gafas! Tenían razón
los que le dijeron que era cegatón.

No dejes que nadie te corte las alas.
Piensa que lo corto quizá es su mirada.
Si sueñas alto, al final llegarás
lo más alto y lejos que puedas llegar.
No hay nada que tú no puedas intentar.
Lucha por ello y lo conseguirás.
Ya seas niño, niña o avestruz,
lucha por ser siempre lo que quieras tú.

NI PÍO, NI MU

Al Prado de la Croqueta habían llegado dos nuevos habitantes: una vaca y un pajarito.

La vaca era blanca, negra y grande (grande tamaño vaca).

El pájaro era naranja, gris y pequeño (pequeño tamaño pájaro pequeño).

¿Los ves?

Ya. Es difícil distinguirlos.

La vaca y el pájaro no eran los únicos del prado.

Pero los dos eran únicos en algo.

La vaca era la única vaca con voz de pito. Todas las demás vacas tenían la voz grave. Pero esta vaca tenía la voz aguda como un violín.

Y al pájaro le daba tanta vergüenza hablar que se le enredaban las palabras al final. Era como si sus palabras tuvieran eco.

Por eso, y porque eran tímidos, a los dos les costaba mucho hablar.

El resto de animales los criticaban.

—Mira la vaca nueva. No dice ni mu —decían las otras vacas—. No habla con nadie. ¿Se creerá mejor que nosotras?

—Mira el pájaro nuevo. No dice ni pío —decían los otros pájaros—. Será soso...

Pasaron los días y ni la vaca ni el pájaro consiguieron hacer amigos.

Nadie se acercaba a ellos.

Cada día estaban más solos.

Y más lejos de los demás.

—¡Ay! Si lo sé, no vengo —suspiró la vaca un día con su voz de pito— ¡No conozco a nadie!

El pájaro, que la oyó, se decidió a hablarle:

—No creas que te espío pío pío.

Pero me he fijado en que estás sola ola ola.

—¡Hola hola! —dijo la vaca.

—¿Eres nueva eva eva?

—Sí, soy nueva. Pero no me llamo Eva. Me llamo Paca. ¿Y túúúúúú?

—Me llamo amo amo...

—¿Qué amo ni qué ama?

Tú a mí no me mandas nada.

—Me llamo Casimiro miro miro.

—Se dice «Veo veo».

—Yo también soy nuevo evo evo.

—¡Evo evo, no! ¡Veo veo!

—¿Qué ves ves ves?

—Veo un pajarito nuevo. ¿Y de dónde vienes túúúúúúú?

—Vengo de Dinamarca marca marca.

—Uy, yo prefiero marca blanca.

El pajarito no entendió muy bien a la vaca.

Pero daba igual.

No siempre entendemos lo que dicen los demás.

No siempre hace falta.

A veces solo hace falta un poco de interés.

La vaca Paca se interesó por Casimiro.

—¿Y por qué te fuiste túúúúú?

—¡Uy! Porque en Dinamarca marca marca

hace un frío que pela ela ela.

¡Aquí se está mucho mejor jor jor!

Lo que pasa pasa pasa

—(la vaca pasó pasó pasó)—

es que no conozco a nadie

nadie

nadie.

48

Cada «nadie» pesó más. El último pesaba dos toneladas de tristeza.

—Ni yo —dijo la vaca con su voz de pito más triste—. ¡Ay! ¡No conozco a nadie! ¡No tengo amigos!

El pajarito Casimiro miró la mirada triste de la vaca Paca y él también se puso triste.

Entonces agitó sus alas y se posó sobre el lomo de la vaca Paca.

—¿Te molesto esto esto?

—Para nada nada nada —dijo la vaca Paca algo contagiada—. Al revés. Tus plumas son suaves y me dan calor y cosquillas, y hasta creo que me está entrando sueño.

—A mí también bien bien —dijo el pájaro Casimiro—. ¿Te importa que me quede a dormir aquí aquí aquí?

—Para nada nada nada —dijo otra vez la vaca Paca.

Se le cerraban los ojos.

Pero antes de caer profuuuundamente dormida, se le ocurrió algo:

—Oye, pajarito. Dormir juntos cuenta como conocerse, ¿no?

—Creo que sí sí sí.

Y la vaca Paca y el pájaro Casimiro durmieron con una sonrisa en la boca.

(Bueno, el pájaro Casimiro, en el pico).

Si miras alrededor, igual puedes descubrir
a alguien que se sintió solo hasta que te vio a ti.
Puede dar corte al principio. No sabes bien qué decir.
Pero vale la pena. ¡Acércate, valiente, sí!
Te voy a dar ahora un truco para ahorrarte el drama.
Es fácil, tú solo di: «Hola, ¿qué hay? ¿Cómo te llamas?».
De un intercambio de nombres puede llegar a nacer
una bonita amistad. ¡No la eches a perder!

LA PACIENCIA DE IRENE

Érase una vez una niña que no tenía paciencia. Se llamaba Irene.

Irene era rápida, ligera, veloz.

Corriendo llegaba antes que en avión.

Siempre era la primera en todo:

la primera de la fila para salir de clase,

la primera en subir las escaleras,

la primera en llamar al timbre.

Si había comida en una mesa,

era la primera en coger un trozo.

Y también era la primera en quejarse cuando tocaba esperar.

Eso —esperar— no se le daba demasiado bien a Irene.

—¡Ten paciencia! —le decía su padre.

—¿Paciencia? —preguntó Irene.

—Sí, si tienes un poco de paciencia, podrás esperar. ¡Para eso sirve la paciencia!

La madre de Irene también se quejaba a menudo:

—Esta niña no tiene nada de paciencia.

Y era verdad.

Irene se miraba al espejo y veía que tenía:

dos ojos, dos orejas, una nariz, una boca, muchas pecas, unos cuantos dedos...,

pero no encontraba nada de paciencia.

Un día, los padres de Irene se fueron a cenar y dejaron a Irene en casa de su abuela.

—Ay, espero que se porte bien —dijo la madre de Irene.

—Seguro que sí —dijo la abuela.

—Bueno, al menos nos vamos tranquilos —dijo el padre de Irene—. ¡Tú tienes muchísima paciencia!

Cuando sus padres se fueron, Irene se dedicó a observar a la abuela.

La abuela de Irene también tenía:

dos ojos, dos orejas, una nariz, una boca, muchas pecas, unos cuantos dedos... ¡y muchas arrugas!

—¡Claro! —dijo Irene en voz alta—. ¡La encontré!

—¿Qué encontraste, cariño? —le dijo la abuela.

—La paciencia. Es que yo no tengo nada de paciencia y dicen mis padres que tú tienes mucha. ¡Y ya sé dónde!

—¿Dónde?

—¡En las arrugas! ¡Tú tienes arrugas y yo no! Por eso no tengo nada de paciencia. ¡Normal!

La abuela de Irene se echó a reír y le dijo:

—Bueno, igual sí podemos encontrarte un poco de paciencia.

—¿Dónde? ¿Dónde? ¿Dónde? —preguntó Irene impaciente. (Normal, aún no había encontrado su paciencia).

—En tus arrugas.

—¡Pero si no tengo! —dijo Irene. Por más que se miraba, no se encontraba ninguna arruga.

—Ven, siéntate delante de la mesa —le dijo su abuela—. Ahora dobla los brazos.

Irene apoyó los codos en la mesa y levantó las manos hacia arriba.

—Mira. ¿Ves esto?

Irene se miró los brazos. A la altura del codo, se le habían formado unas arrugas.

—Ahí tienes tu paciencia —dijo la abuela—. Mírala, mírala bien.

Irene apoyó la cabeza en las manos para ver mejor las arrugas de sus brazos y frunció el ceño.

—No sé, no sé…

Entonces la abuela le puso un espejo delante.

—Y mira, Irene, mira ahí, entre tus cejas. ¿Ves que ahí también tienes unas arruguitas?

Irene se vio las arrugas en el espejo y sonrió.

—¿Y ves esas otras arrugas? —dijo entonces la abuela.

—¿Dónde? ¿Dónde?

—Ahí, en las comisuras de los labios.

Irene sonrió aún más, y entonces le salieron más arrugas todavía.

—¡Es verdad! ¡Ya tengo paciencia! ¡Ya he aprendido a esperar! ¡Gracias, abuela!

Y corrió a darle un abrazo porque hay cosas, como dar un abrazo, para las que es mejor no esperar.

Desde entonces, cada vez que Irene tiene que esperar, dobla los codos, apoya la cabeza en las manos, frunce el ceño y sonríe al mismo tiempo, mientras mira muy concentrada las arrugas de sus brazos.

Sus padres, a veces, cuando la ven así, le preguntan:

—¿Pero qué te pasa, Irene? ¿Estás rara?

Y ella responde:

—¡No! ¡Estoy teniendo paciencia!

Bueno, aunque también es verdad que a veces se pone un poco rara por tener que esperar. Eso es porque aún no tiene muchas arrugas.

¡Pero sabe que cuando crezca tendrá muchas más! ¡Y tanta paciencia como su abuela!

Este cuento ahora termina con tan solo ocho palabras.
Están hechas para ti. Por favor, no hagas trampas.
Las palabras están puestas al final final, abajo,
pero tú sigue leyendo sin tomar ningún atajo.
En la vida, y en los libros, hay que saber esperar
a que llegue, cuando llega, lo que tenga que llegar.
Y ahora sí van las palabras que te había prometido:
«¡Enhorabuena, eres genial! ¡A la impaciencia has vencido!».

UNA CASA PARA TODOS

En un precioso roble, vivía una ardilla.

Su casa le parecía una maravilla. Y lo era.

Hasta que llegó la primavera,

y con la primavera, una mañana llegó un pajarito.

—Qué precioso árbol —dijo el pajarito—. Haré mi nido en una de sus ramas.

—¡De eso, nada, monada! —gritó la ardilla.

El pajarito se pegó tal susto que casi se cae de la rama.

—Esta es mi casa —insistió la ardilla—. ¡Fuera!

El pajarito señaló con el ala hacia las múltiples ramas.

—Pero si hay sitio de sobra. En la copa de este árbol caben cien casas.

Pero la ardilla quería estar a sus anchas.

—De eso, nada. Además, este árbol ya no deja que habite más gente en sus ramas.

—¿Ah, sí? ¿Y tú cómo lo sabes? —preguntó el pajarito.

—Porque me lo ha dicho —dijo la ardilla.

—¿Te lo ha dicho el árbol? ¡Pero si tú no entiendes su idioma!

—Sí, sí. Lo entiendo perfectamente. Mira, ahora está diciendo: «Que se calle ese pajarito, que me está dando dolor de copa».

—¡Y una porra! Lo que está diciendo el árbol es: «Qué suerte tengo de que este pajarito me haya elegido para vivir».

—¡Mentira! ¡Tú no entiendes el idioma de los árboles!

—¡Tú tampoco!

Podrían haber seguido así un buen rato,
pero la ardilla y el pajarito al final se callaron.
Porque la verdad es que ninguno de los dos
entendía el idioma de los árboles.

Por la tarde, siguieron discutiendo.

—Vete —decía la ardilla.

—No me pienso ir —le respondía el pájaro.

De repente, un hombre que paseaba por el
bosque se paró bajo el árbol.

—Y ahora ¿qué le pasa a este hombre? ¿Por qué
se para? —dijo la ardilla.

Para su sorpresa, el hombre levantó la cabeza,
la miró directamente y dijo:

—Nada. Solo tenía curiosidad por saber qué os
decíais.

La ardilla y el pájaro se quedaron muy
sorprendidos. Nunca habían encontrado a
una persona que entendiera el idioma de los
animales.

—Pero ¿cómo puedes entendernos? —dijo el pajarito.

—No hagas caso —dijo la ardilla—. Este no entiende nada de nada. Solo se está haciendo el enterado.

—Claro que os entiendo —dijo el hombre quitándose el sombrero—. ¿No veis que tengo la oreja verde? Con mi oreja verde oigo lo que dicen los animales, los árboles, los niños, las piedras, los ríos y hasta las nubes.

—Sí, hombre, sí —dijo la ardilla, que no se lo creía—. A ver, voy a decir algo y tú lo repites: «Chocolate».

—Chocolate —dijo el hombre.

—Con churros —probó a decir el pajarito.

—Con churros —dijo el hombre.

—Uau, es increíble —dijo el pajarito.

—Uau, es increíble —dijo el hombre.

—Ya. Para —dijo la ardilla.

—Ya. Para —dijo el hombre.

—¡Está bien! —dijo la ardilla—. Ya nos queda claro que entiendes el idioma de los animales.

—Y también el de los árboles, los niños, las piedras, los ríos y hasta las nubes —repitió orgulloso el hombre de la oreja verde.

—¿Has dicho de los árboles? —preguntó el pajarito emocionado—. ¿De verdad entiendes el idioma de los árboles?

—Claro —dijo el hombre de la oreja verde.

—Entonces, ¿podrías preguntarle a este árbol una cosa?

—¿Qué cosa? —preguntó el hombre.

—Si podemos vivir los dos, la ardilla y yo, en sus ramas —dijo el pajarito.

—¡Eso! ¡Eso! —dijo la ardilla—. Ya verás como dice que tú no.

Pero la voz de la ardilla ya no sonaba tan segura.

El hombre pegó su oreja verde al tronco y se quedó en silencio, porque a los árboles se les habla en silencio, y los árboles contestan también sin palabras.

La ardilla y el pajarito esperaban impacientes. La ardilla daba golpecitos con la pata sobre la rama y el pájaro se inclinaba hacia el hombre.

—¿Qué? ¿Qué dice? —le apremió la ardilla, moviendo la pata nerviosa.

—De momento dice que dejes de darle patadas.

La ardilla se quedó quieta conteniendo la respiración, el pájaro se inclinó aún más…, hasta que al final el hombre despegó la oreja verde del tronco. (Por suerte fue antes de que la ardilla se asfixiara por haber dejado de respirar).

—¿Qué ha dicho? ¿Qué ha dicho? –preguntaron la ardilla y el pájaro.

—Dice el árbol que le gusta sentir las carreras ligeras de la ardilla por sus ramas…

—¿Lo ves? —interrumpió la ardilla.

—Pero espera —dijo el hombre—.
Dice el árbol que también le gusta oír
el canto del pájaro y el color que le dan sus alas.
Dice que su tronco es ancho, sus ramas, fuertes.
Y que estar acompañado es siempre una suerte.
Y que cuantos más, mejor.
Que más se aprende de tres que de dos
y más se aprende de dos que de uno,
pero que en su casa hay que hablar en susurros.
Que no admite gritos ni discusiones,
pero fiestas, sí, y buenas canciones.
Que no importa si llegáis con los pies mojados,
que es comprensivo y estáis perdonados.
Pero que prohíbe ciertos invitados:
ni hongos, ni pulgones, ni gusanos malvados.
Esas pocas cosas son sus condiciones.
¡Ah! Y no andar por casa nunca con tacones.
Esas son sus normas. Con eso le basta.
Si las cumplís, esta es vuestra casa.
—¿De los dos? —preguntó el pajarito.
—La casa de todos los que quieran vivir en sus ramas
—respondió el hombre de la oreja verde. Y tal como
vino, se fue.

Desde ese día, la ardilla y el pajarito son vecinos. Se invitan a tomar café de vez en cuando, hablan en susurros para no molestar al árbol, comparten bellotas... e incluso una vez acabaron cantando jotas. ¿Y sabéis qué hizo el roble en aquella ocasión? Llamó al viento y les hizo el acompañamiento musical con el rumor de las hojas. Y en mayo llegó otro pajarito a vivir.

Eso sí, nunca más, ni la ardilla ni el pajarito ni el roble volvieron a ver al hombre de la oreja verde. ¿Lo has visto tú?

[El hombre de la oreja verde fue visto por primera vez en un cuento ya clásico de Gianni Rodari titulado *Un señor maduro con una oreja verde*].

El mundo se parece a este gran árbol.
Nos da cobijo. Es grande. Es ancho.
En él convivimos millones de seres,
todos distintos. Y es una suerte.
Hay sitio para todos. Solo hay que cumplir
algunas normas para convivir.
Recuerda que cuantos más somos, mejor.
Que más se aprende de tres que de dos.